APR 2003

la courte échelle

D1063414

PETAWAWA
PUBLIC LIBRARY

Les éditions de la courte échelle inc.

Sylvie Desrosiers

Sylvie Desrosiers aime autant émouvoir ses lecteurs que les faire rire. Son chien Notdog amuse les jeunes un peu partout dans le monde, car on peut lire plusieurs de ses aventures en chinois, en espagnol, en grec et en italien.

À la courte échelle, Sylvie Desrosiers est également l'auteure de la série Thomas, publiée dans la collection Premier Roman, et de trois romans pour les adolescents. *Le long silence*, paru dans la collection Roman+, lui a d'ailleurs permis de remporter en 1996 le Prix Brive/Montréal 12/17 pour adolescents, ainsi que la première place du Palmarès de la Livromanie et d'être finaliste au Prix du Gouverneur général. Pour son roman *Au revoir, Camille!*, elle a reçu en l'an 2000 le prix international remis par la Fondation Espace-Enfants, en Suisse, qui couronne «le livre que chaque enfant devrait pouvoir offrir à ses parents».

Sylvie Desrosiers écrit aussi des romans destinés aux adultes et des textes pour la télévision. Et, même lorsqu'elle travaille beaucoup, elle éteint toujours son ordinateur quand son fils rentre de l'école.

Daniel Sylvestre

Daniel Sylvestre a commencé très jeune à dessiner, et ce goût ne l'a jamais quitté. Après des études en arts décoratifs puis en arts graphiques à Paris, il a collaboré à des films d'animation, fait des illustrations pour des revues comme *Châtelaine* et *L'actualité*, réalisé des affiches publicitaires et travaillé en graphisme. Aujourd'hui, on peut voir ses illustrations dans de nombreux pays.

À la courte échelle, Daniel Sylvestre est le complice de Bertrand Gauthier pour les albums Zunik. Il a d'ailleurs reçu le prix Québec-Wallonie-Bruxelles pour *Je suis Zunik*. Il est également l'illustrateur de la série Clémentine de Chrystine Brouillet, publiée dans la collection Premier Roman, ainsi que des couvertures de plusieurs livres de la collection Roman+.

De la même auteure, à la courte échelle

Collection Premier Roman

Série Thomas:
Au revoir, Camille!
Le concert de Thomas

Collection Roman Jeunesse

Série Notdog:
La patte dans le sac
Qui a peur des fantômes?
Le mystère du lac Carré
Où sont passés les dinosaures?
Méfiez-vous des monstres marins
Mais qui va trouver le trésor?
Faut-il croire à la magie?
Les princes ne sont pas tous charmants
Qui veut entrer dans la légende?
La jeune fille venue du froid
Qui a déjà touché à un vrai tigre?
Peut-on dessiner un souvenir?
Les extraterrestres sont-ils des voleurs?
Quelqu'un a-t-il vu Notdog?

Collection Roman+

Le long silence

Série Paulette:
Quatre jours de liberté
Les cahiers d'Élisabeth

Sylvie Desrosiers

FAUT-IL CROIRE À LA MAGIE?

Illustrations
de Daniel Sylvestre

la courte échelle

Les éditions de la courte échelle inc.

Les éditions de la courte échelle inc.
5243, boul. Saint-Laurent
Montréal (Québec) H2T 1S4

Conception graphique de la couverture:
Elastik

Conception graphique de l'intérieur:
Derome design inc.

Révision des textes:
Jean-Pierre Leroux

Dépôt légal, 4ᵉ trimestre 2001
Bibliothèque nationale du Québec

Copyright © 2001 Les éditions de la courte échelle inc.

La courte échelle bénéficie de l'aide du ministère du Patrimoine
canadien dans le cadre de son Programme d'aide au développement de
l'industrie de l'édition. La courte échelle est aussi inscrite au programme
de subvention globale du Conseil des Arts du Canada et reçoit l'appui
du gouvernement du Québec par l'intermédiaire de la SODEC.

La courte échelle bénéficie également du Programme de crédit d'impôt
pour l'édition de livres — Gestion SODEC — du Gouvernement du
Québec.

Données de catalogage avant publication (Canada)

Desrosiers, Sylvie

    Faut-il croire à la magie?

    Éd. originale: 1993
    Publ. à l'origine dans la coll.: Roman Jeunesse

    ISBN 2-89021-509-1

    I. Sylvestre, Daniel. II. Titre.

PS8557.E874F39 2001   jC843'.54   C2001-940616-9
PS9555. E874F39 2001
PZ23.D47Fa 2001

Chapitre I
Où vas-tu,
petit chaperon jaune?

Ce n'est pas vers sa grand-mère qu'il s'en va, car en vrai chien, Notdog ne reconnaîtrait même pas sa propre mère. Il est tard et il devrait déjà dormir. Mais le chien le plus laid du village ne rentrera pas coucher.

Il sait bien que Jocelyne, sa maîtresse, s'inquiétera et le cherchera partout, mais il n'y a plus de maîtresse qui tienne. Il n'y a plus de danger, il n'y a plus de prudence non plus. Il n'y a que ce parfum si doux dans l'air.

Suivre ce parfum, voilà la seule idée que Notdog a en tête. C'est une obligation,

une obsession. Il doit absolument trouver d'où vient cette odeur enchanteresse qui lui caresse le museau.

Il a toujours été fidèle, loyal et gourmand. Pourtant, il jeûnera des jours entiers s'il le faut. Il supportera les reproches et la peine de Jocelyne. Mais il ne retournera pas chez lui tant qu'il y aura dans l'air cette odeur mystérieuse, cet arôme qui lui chatouille les narines et qui ne peut venir que du paradis des chiens.

Pendant que Notdog pénètre dans la forêt, en suivant aveuglément son nez vers une destination inconnue, il n'entend pas Jocelyne qui l'appelle désespérément.

Et il ne voit pas non plus la lune qui brille tout près sur la voiture cachée dans les arbres.

Chapitre II
Trois mois plus tard...

Depuis cinq minutes, il ne s'est pas dit un mot à l'agence Notdog. Agnès, la petite rousse qui porte des broches*, et Jocelyne, la jolie brune aux cheveux bouclés, sont incapables de parler, tellement elles rient.

— C'est la première fois que je vois un blé d'Inde à lunettes! dit finalement Agnès en retrouvant son souffle.

— Un peu de beurre avec ça? lance Jocelyne qui se roule par terre.

— Je voudrais bien vous voir, moi, dans ma coutume! répond John, hautement irrité.

* Appareil orthodontique.

— Costume, John, on dit costume, pas coutume, le reprend Agnès en essuyant des larmes.

Il faut dire que John, l'Anglais blond aux lunettes rondes, a l'air complètement ridicule. Avec ses collants verts, ses manches vertes, les grandes feuilles en satin vert qui l'enveloppent et le corps et la tête enfermés dans un tissu matelassé jaune, il fait un très beau blé d'Inde. On lui a tout de même laissé un trou pour le visage, mais on lui a collé un peu de foin sur le dessus de la tête pour que la ressemblance soit parfaite.

En cette fin d'août, le village vit dans l'attente d'un événement très populaire, le Festival du blé d'Inde, qui commence ce soir. Et comme le père de John en est l'organisateur en chef, il a décidé d'y faire travailler son fils.

John a accepté avec enthousiasme d'être payé pour distribuer les programmes aux visiteurs. Sauf que son père avait omis de lui dire qu'il devait s'habiller en blé d'Inde.

— N'empêche, tu as l'air prêt à bouillir! lance Jocelyne qui commence à se calmer.

— Moi, je t'aurais aimé mieux deux couleurs, ricane Agnès.

— Je n'étais pas venu ici pour faire rire de moi. Je pensais trouver un peu de confort! se lamente John.

— De réconfort, tu veux dire. Mais oui, mais oui, on t'aime pareil, hein, Jocelyne?

— Oui, avec un peu de sel surtout.

Et les deux filles pouffent de rire. Dépité, John s'approche de Notdog, couché tranquillement dans son coin. Il le caresse:

— Toi, au moins, tu ne ris pas de moi. Comment ça va, mon gros?

C'est Jocelyne qui répond à la place du chien:

— Ça va fatigué. Et il est en punition.

— Pourquoi? demande John.

— Parce qu'il a encore fait une fugue.

— Une autre? Comme celle d'il y a trois mois?

— Non, l'autre fois il est parti quatre jours. Cette fois-ci, c'était juste une nuit. J'ai été obligée de ressortir sa laisse. Il déteste ça, mais il va falloir que je le garde attaché, dit Jocelyne, qui machinalement saisit la laisse de cuir et joue avec le fermoir.

John prend la tête de Notdog entre ses mains vertes:

— Où tu vas comme ça? Hum?

Pour toute réponse, Notdog donne un grand coup de langue dans ses lunettes, ce qui fait tomber John à la renverse. Avant qu'il se relève, la porte s'ouvre et va claquer contre le mur.

— Salut, les microbes!

Le motard local, nul autre que Bob Les Oreilles Bigras, fait son entrée. Il avance de deux pas, regarde par terre, s'arrête:

— Ça me fait rien, moi, mais il y a un blé d'Inde géant à terre, le savez-vous?

— On le sait, répond Agnès, qui se retient pour ne pas recommencer à rire.

Bob s'approche de John:

— Heille, l'épi! Aimerais-tu ça te faire éplucher?

Et Bob lance un gros rire gras.

— T'es pas drôle, Bigras! dit John en se relevant. D'abord, qu'est-ce que tu fais ici? T'es pas en prison?

— Arrive en ville, l'épi. On va pas en prison pour avoir volé des cigarettes en bonbon.

— Arrête de m'appeler l'épi!

— Les nerfs! C'est correct, j'vais t'appeler ti-grain, d'abord.

— Bigras, je t'avertis...

— Ou bedon, tiers de pâté chinois! Oua! Est bonne!

Bob Les Oreilles se tord. John veut sauter sur lui pour le mordre. Mais Jocelyne s'interpose:

— Qu'est-ce que tu veux, Bob?

— Je suis ici en tant que client.

Les trois inséparables, même John, le regardent, abasourdis. Bob Les Oreilles Bigras, un client? Ça ne se peut tout simplement pas. Bob déteste les inséparables. Car chaque fois qu'ils ont eu affaire à lui, les choses ont mal tourné. Pour Bob.

— J'irai quand même pas voir la police! Un motard a sa fierté!

— C'est quoi, ton problème? C'est grave? demande Agnès.

— Grave? Mets-en! Je me suis *faite* voler ma moto!

— Non! lance John qui se dit au fond que c'est bien bon pour lui.

— Oui! Y a quelqu'un qui m'a volé ma moto! Ma moto à moi! Y a donc du monde malhonnête!

— À ta place, je ne parlerais pas trop fort, Bob. Pour ce qui est de l'honnêteté..., on repassera, dit Jocelyne.

— On parle pas de moi. On parle de l'espèce de *=!'*% qui m'a volé ma moto. Pouvez-vous m'aider à la retrouver?

Bob explique alors que les clés de sa moto ont disparu. Mais il se souvient très bien de les avoir mises dans ses poches, car au fond il y avait une vieille gomme fondue qui lui a collé aux doigts. C'était une gomme balloune à saveur de cerise qu'il s'est d'ailleurs empressé de manger.

— Ouache! lance Jocelyne.

— Ben quoi! Une gomme, c'est encore meilleur quand elle a déjà été mâchée! Ça *l'a* un petit goût spécial.

— Oui, bon, revenons à tes clés. Tu as probablement eu affaire à un pickpocket, qui t'a volé ta moto après, déduit Agnès.

— Si c'était ça, je le retrouverais, l'enfant de nanane. Mais c'est ça, l'affaire: j'ai passé la soirée à faire des ballounes, assis sur un banc au parc municipal.

— Et? demande John.

— J'ai rencontré personne! Pas un chat!

Puis, le plus sérieusement du monde, il ajoute:

— Je me suis *faite* voler mes clés par l'homme invisible!

Chapitre III

Il va pleuvoir, les fourchettes volent bas!

Dans la partie ouest du ciel, on peut voir une ligne de nuages noirs qui approchent. Sur le terrain de football où aura lieu le festival, chacun-chacune s'affaire à préparer son kiosque, en espérant qu'il ne pleuvra pas ce soir.

Mimi Demi, la propriétaire du Mimi Bar and Grill, installe les tables du bar. Jean Caisse, le gérant de la Caisse populaire, accroche tant bien que mal les banderoles où il est écrit que la caisse commandite l'événement. M. Bidou, le propriétaire de l'auberge Sous mon toit, remplit d'eau les immenses cuves qui serviront à faire cuire pas moins de cinq mille épis de blé d'Inde.

Mme Descartes, la tireuse de cartes, installe sa nappe à franges en faisant tinter ses bracelets. Et le maire Michel ne fait rien d'autre que s'énerver et énerver tout le monde en fumant comme une cheminée et en donnant entre deux quintes de toux, des ordres qui n'ont pas de bon sens.

Traînant ses pieds verts de blé d'Inde triste, John passe devant les kiosques de jeux de hasard. Il ne s'intéresse pas du tout au lancer du dix sous dans une assiette, ni à la roue de fortune, ni aux ballons qu'il faut crever pour gagner un toutou en peluche jaune orange. Il regarde par terre pour éviter de se voir dans les miroirs des kiosques.

— Psst! John! Viens ici une minute!

Le petit Dédé Lapointe lui fait un signe de la main. Puis il se cache derrière le comptoir de mousse rose.

— Qu'est-ce que tu fais là, Dédé? Tu es poursuivi par des montres?

— Des montres? Non, ça n'est pas arrivé encore, répond Dédé tout en réfléchissant à cette possibilité.

Bien sûr, John voulait dire des monstres. Mais comme Dédé est paranoïaque, il ne serait pas surpris d'être attaqué un jour par des montres géantes aux aiguilles menaçantes. Il attire John vers lui et lui parle à l'oreille:

— Tu vois là-bas?

— Oui, c'est le kiosque des scouts.

— Le grand, là, avec les shorts et les genoux croches...

— Oui...

— Je pense que c'est un extra-terrestre qui est venu pour m'enlever!

John réprime un fou rire:

— Ah oui? Et pourquoi?

— Regarde sa face: il est vert!

— Il est peut-être juste malade...

— Tu penses?

— Je ne sais pas. Surveille-le. Et si tu trouves sa soucoupe volante, viens me le dire, suggère John.

— O.K.

Le petit Dédé Lapointe met une paire de lunettes mauves, pensant que, comme ça, personne ne le reconnaîtra. Et il se dirige déjà vers les scouts, en faisant semblant de rien.

John fait quelques pas en direction du bureau de l'administration où son père l'attend pour lui donner ses instructions. Mais il s'arrête devant quelque chose de curieux.

Entre une roulotte et une voiture jaune qui a une portière bleue, il voit un garçon de dos. Il est à peu près de la taille de John et il est coiffé d'un turban orné de pièces d'argent. Le garçon pointe quelque chose du doigt en restant tout à fait immobile. Intrigué, John s'approche.

Le garçon ne bronche pas. Il porte une longue chemise indienne, et des cheveux noirs attachés en queue de cheval dépassent de son turban. John suit du regard le bras pointé vers l'avant. Et il aperçoit un objet brillant qui semble en suspension dans les airs. John approche encore, plisse les yeux pour mieux voir.

— Heille! C'est une fourchette! lance-t-il.

Le garçon se retourne vivement et on entend un bruit de métal qui tombe sur le gravier.

— Wôw! Ça tenait dans les airs! Comment tu fais ça? demande John tout excité.

— Je ne sais pas, répond le garçon.

— Comment ça, tu ne sais pas!?

— C'est comme ça. Je me concentre et la fourchette reste suspendue. Dis-moi, tu t'habilles souvent comme ça?

John fronce les sourcils.

— Imagine que c'est l'Halloween, O.K.? Mon nom est John.

John lui tend la main. Le garçon tend la sienne:

— Moi, c'est Rajiv, dit-il en souriant, montrant ainsi une rangée de dents parfaites.

— Tu es un hindou? demande John.

— Un Indien, John, les habitants de l'Inde sont des Indiens.

«Ah non! Pas un autre qui va me reprendre!» pense John.

Mais Rajiv interrompt les pensées de John:

— Et toi, qu'est-ce que tu fais quand tu n'es pas un blé d'Inde?

— Moi, je suis détective privé.

Devant l'air ahuri de Rajiv, John explique l'affaire de la moto volée de Bob Les Oreilles. Il lui décrit l'agence, lui parle de Jocelyne et Agnès. Et de la théorie de Bob sur l'homme invisible.

Très intéressé, Rajiv écoute et pose des

questions. Et il finit par offrir son aide à John pour résoudre cette affaire.

— Euh... il faudrait en parler aux filles d'abord... je ne sais pas... hésite John.

— Dis oui. Écoute, je m'ennuie. Ce n'est pas drôle de passer sa vie à faire voler des ustensiles!

John ne répond pas immédiatement. Il regarde Rajiv, se dit qu'il ne le connaît que depuis quelques minutes et que c'est peut-être un peu tôt pour l'intégrer à sa *gang*. Mais quelque chose l'attire vers ce garçon.

— D'accord. On va voir Agnès et Jocelyne.

Mme Descartes, qui passe près d'eux avec son jeu de tarots, les entend parler.

— Bon, bon, bon, encore des histoires de filles! Venez ici, vous deux. Tiens, toi, pige trois cartes.

Elle tend le paquet à John, qui s'exécute. Elle les regarde:

— Je vois beaucoup de gêne et de tristesse.

— Bien, m'avez-vous vu? Pas besoin de lire dans les cartes pour savoir que ce n'est pas le fun d'être un blé d'Inde!

Elle tend le paquet à Rajiv. Il pige trois

cartes, puis les redonne à Mme Descartes. Elle les regarde, et aussitôt une inquiétude paraît sur son visage. Elle regarde fixement Rajiv:

— La roue de fortune dit que rien n'est fixe. Qu'après la pluie vient le beau temps. Mais il y aura un choix à faire. Souviens-toi que tu es le maître de ta destinée, mon garçon.

Elle remet les cartes dans le jeu. Et on entend une voix d'homme qui crie très fort:

— Rajiv! Arrive ici!

— Mon oncle. À tout à l'heure!

Et Rajiv se sauve en courant, alors que la pluie commence à tomber. Mais John est bien protégé par son costume.

Chapitre IV
Loto-auto

Surprises par la pluie, Agnès et Jocelyne sont entrées en vitesse chez Steve La Patate. Avec à leur suite, et de super mauvaise humeur, Notdog.

— Allez, viens, ce n'est pas de ma faute à moi si tu es pris pour être en laisse! dit Jocelyne en le tirant vers elle.

— Steve va encore se plaindre que ça sent le chien mouillé, dit Agnès en s'assoyant sur une chaise en métal et en *cuirette*.

— C'est moins pire que la vieille graisse de patates frites, je trouve, répond Jocelyne.

Elle s'assoit à son tour et attache la laisse à un pied de sa chaise:

— Couche, Notdog.

Le chien la regarde, sans bouger.

— Couche pas, d'abord.

Jocelyne se détourne et Notdog, planté là, se dit qu'il sera mieux couché, c'est vrai. Il pile sur son orgueil et s'affale par terre en soupirant.

D'habitude très empressé, Steve ne les a même pas vues.

Il est au téléphone et gesticule, fouettant l'air avec une spatule à boulettes de steak haché.

— Écoutez, Chef, je me souviens d'avoir déposé mes clés sur le comptoir... Comment ça, ce n'est pas prudent?! Il n'est venu personne!... Le fait est que mon auto a disparu! Ça fait trois fois que je vous le dis!... Comment ça, c'est une bonne chose!? Elle était peut-être vieille, mais elle roulait mieux qu'une neuve, vous saurez!... Oui... J'attends de vos nouvelles... C'est ça.

Steve raccroche. Il voit les filles et s'approche en bougonnant.

— Je vais lui en faire, moi, un cancer... Ça sent bien le chien mouillé, donc...

Il ne voit pas Notdog par terre et s'enfarge dedans:

normal pour lequel il n'y a pas de preuves scientifiques. Une supercherie.

John proteste:

— Jamais de la vie! Je l'ai vu! Il n'y a pas de truffe!

— De truc, John, on dit truc, pas truffe, le reprend Agnès.

Puis elle ajoute:

— Moi, je suis certaine que oui.

— Ça t'amuse? demande Jocelyne à Rajiv en voyant son petit sourire.

— J'aime bien les sceptiques, répond-il, ce qui pique John.

Notdog aboie pour signaler sa présence. Jocelyne le présente à Rajiv, alors que la porte s'ouvre. Entrent en même temps de la pluie et Maurice Teurbine, le mécanicien du garage Joe Auto, MoTeur, pour les intimes. Il passe en coup de vent à côté des enfants:

— Tu ne me croiras pas, Steve: je me suis fait voler mon pick-up!

— Toi aussi!

— Ne me dis pas qu'ils t'ont volé ta minoune!

— Hé, ho, ma Mustang, c'est loin d'être une minoune, rouspète Steve.

Mais MoTeur n'a pas envie de parler de

la Mustang de Steve, et il raconte sa propre histoire. Dépôt des clés sur le crochet de son bureau, comme d'habitude; travail toute la matinée sur une familiale neuve, un vrai citron, mais enfin; dîner chez Mimi Demi.

— Tu vas chez une compétitrice! s'offusque Steve.

Et la chicane prend jusqu'à ce que Mo-Teur revienne au vol et dise qu'il n'a vu personne autour de son garage.

— Tu vois, encore un vol sans voleurs, s'exclame Jocelyne.

— Il doit y avoir une explication logique, marmonne Agnès.

— À moins que quelqu'un au village ne possède aussi un pouvoir de télévision, suggère John.

— Télékinésie, John, je te l'ai dit tantôt, le reprend Agnès. Mais voilà: ils n'ont jamais entendu parler d'un don de ce genre. Il y a bien Mme Venne qui arrête le sang. Ou Mme Bordeleau qui n'a pas son pareil pour trouver une source d'eau cachée. Ou encore M. Mercure qui peut prédire la température à cause de l'oignon sur son pied droit. Mais personne ne déplace des objets à distance.

— Qu'est-ce qu'on fait, alors? demande Jocelyne.

— Dans mon pays, on dit: «L'eau a la réponse à tout.» Cherchons près de l'eau. Il y a un lac près d'ici, non? propose Rajiv.

Agnès hausse les épaules:

— Des niaiseries. Qu'est-ce que tu veux qu'on trouve près de l'eau: le gros lot?

— Tu as une meilleure suggestion? demande Jocelyne, surprise de l'animosité d'Agnès envers Rajiv.

Agnès hoche la tête pour dire non.

— Quand vous aurez fini de manger, on ira au lac, juste pour voir, décide John.

Jocelyne se lève pour aller chercher le ketchup. La porte s'ouvre de nouveau, pour faire entrer Mme Descartes. Ce qui n'a rien d'extraordinaire, car les tireuses de cartes mangent des hot-dogs aussi. Sauf que Notdog bondit vers elle, entraînant la chaise où il est attaché.

— Notdog! Viens ici!

Mais Notdog n'écoute pas sa maîtresse. Il renifle la jupe de Mme Descartes, comme si elle l'avait lavée dans la sauce barbecue.

— N'ayez pas peur, il n'est pas méchant, dit Jocelyne en venant cueillir Notdog, fâchée.

— Oh, je n'ai pas peur. Qu'est-ce que tu me veux, toi?

Notdog ne peut pas répondre. Et Jocelyne n'a pas le temps de poser de questions, car la porte s'ouvre encore.

— Il y a donc bien du monde à midi! se plaint Steve en voyant entrer M. Vivieux, l'agent d'assurances d'origine française.

— Monsieur MoTeur! On a retrouvé votre voiture!

Maurice Teurbine pâlit:

— Quoi!?

— Oui, mais elle est dans un bien mauvais état, j'en ai peur. On l'a retrouvée dans le lac.

John, Agnès et Jocelyne posent un regard interrogateur sur Rajiv. Mais celui-ci regarde ses ongles.

Chapitre V
Le combat des chefs

Sur le trottoir, en face de chez Steve et juste à côté de l'agence, les inséparables s'obstinent.

— Écoutez, c'est sûr qu'il sait quelque chose! affirme Agnès.

— Mais tantôt, il a dit que non, proteste Jocelyne.

John l'appuie:

— C'est vrai, il a juré que c'était un lézard!

— Hasard, John, pas lézard, hasard. Mais je ne crois pas à ce genre de coïncidence, moi, répond Agnès.

— Tu ne crois quand même pas qu'un garçon de douze ans ferait cette série de vols! s'enflamme Jocelyne.

— Chut! souffle Agnès en voyant Rajiv qui sort du restaurant après être allé faire pipi.

— C'est votre agence? demande le garçon.

Les inséparables répondent évidemment oui et la troupe s'y dirige. Ils entrent et Rajiv fait le tour du local, les yeux écarquillés d'envie. Il se dit qu'il aimerait mieux être un détective qu'une attraction de festival. «Un jour peut-être, plus tard», rêve-t-il. Mais pour le moment:

— Puisque le lac cachait une auto, il en cache peut-être plusieurs. On devrait aller voir.

— Moi, je pense qu'il faut d'abord aller au parc où Bob Les Oreilles s'est fait voler sa moto. Et chercher des indices, dit Agnès.

— Mais puisqu'il n'a vu personne, objecte Rajiv.

— Et après? Il faut commencer quelque part, et l'endroit logique, c'est le parc, continue Agnès, agressive.

— Je pense tout de même qu'il y a plus de chances de trouver des indices au lac, insiste Rajiv.

— Si tu te penses meilleur détective que nous... lance Agnès avec hauteur.

John n'aime pas le ton qui monte. Il sent la nécessité de s'interposer et le devoir d'appuyer son nouvel ami:

— Moi, je vote pour le lac. Toi?

Il s'est tourné vers Jocelyne. Elle hésite. Le parc est logique, mais le lac est tentant. Et puis Rajiv a déjà eu raison une fois, même s'il dit que c'est accidentel.

— Je pousserais une petite pointe jusqu'au lac... après, on ira au parc, ajoute-t-elle rapidement pour ne pas froisser son amie.

— Bon, bon. Allez-y, au lac. Moi, je vais au parc. On se retrouve dans deux heures.

Et Agnès, sans s'occuper des protestations des autres, tourne les talons et sort. Quand elle ouvre la porte, on peut voir dehors Mme Descartes faire démarrer son auto rouillée. Sans perdre une seconde, Notdog profite de l'ouverture et du fait que Jocelyne ne s'occupe pas de lui pour filer à toute allure.

— Notdog! Viens ici! crie-t-elle.

Mais déjà il tourne le coin de la rue principale, à la suite de la tireuse de cartes.

***

«Elle va donc vite, la bonne femme Descartes! Elle va me tuer!» pense Notdog en essayant de suivre la voiture. En fait, c'est un nuage de poussière qu'il suit, car la conductrice a vite emprunté un chemin de terre.

Ayoye! Des cailloux projetés par le mouvement des roues frappent Notdog en plein sur la tête. Mais il ne ralentit pas sa course. De chaque côté de la route, de grandes herbes flottent au vent. Et derrière, deux yeux jaunes de renard regardent passer Notdog.

«Ils sont vraiment nonos, les chiens: toujours en train de courir après les autos!» pense-t-il.

Notdog court toujours à toutes pattes et sa langue pend du côté gauche. Elle est tellement longue qu'on a peur qu'il s'enfarge dedans. Mme Descartes entre dans un petit chemin cahoteux et bordé d'un muret de pierres. «Une route où à peu près personne ne passe», observe le chien le plus laid du village. Une route où lui-même n'a jamais mis la patte.

La route monte et les poumons de Notdog commencent à lui faire mal. Il peut trotter, se promener pendant des heures,

mais il ne peut pas courir à sa vitesse de pointe pendant plus de quelques minutes.

Le nuage de poussière s'estompe et les lumières rouges indiquant qu'on appuie sur les freins de la voiture s'allument. Une maison en pièces de bois apparaît, complètement isolée. Ça sent les fleurs. Au loin, on peut voir les sommets des plus hautes montagnes de la région.

Et soudain, Notdog entend enfin ce qu'il espérait tant de tout son coeur de chien.

Chapitre VI
La clé des champs

Le lac Obomsawin a le calme des jour-
nées sans vent. À l'extrémité ouest, un blé
d'Inde géant et un garçon à turban cher-
chent parmi les quenouilles.

— Il y a un monstre dans le lac, Obobo
qu'il s'appelle, dit John en écartant les
herbes.

— C'est bien, répond Rajiv, sur le
même ton qu'il aurait eu si John lui avait
parlé d'une roche; il n'est pas du tout intéressé, car il est absorbé dans ses re-
cherches.

À quelques mètres d'eux, une dépanneuse est en train de tirer de l'eau le pick-
up de Maurice Teurbine. Par les vitres
baissées, on voit s'écouler l'eau. Elle

transporte avec elle quelques crapets-soleils, un ouaouaron et des dés en *minou* qui se sont détachés du miroir du camion.

— On ne trouvera sûrement rien, la police est passée avant nous, se désole John.

Mais Rajiv n'est pas de cet avis:

— Elle ne connaît pas grand-chose, la police.

Et il continue d'avancer, à quatre pattes pour mieux ratisser les lieux. John ne comprend pas pourquoi Rajiv a une opinion aussi tranchée et il se remet à la tâche. Après quelques minutes de silence, un peu découragé, John s'arrête:

— Le voleur doit avoir bien effacé les traces de son message.

— Pourquoi aurait-il laissé un message? demande Rajiv.

— Non, ce n'est pas ce que je veux dire. Des traces qui montrent qu'il est venu.

— Ah, de son passage.

Un peu tanné, John lance:

— Comment ça se fait que tu ne fais jamais d'erreur en français? Ce n'est pas ta langue.

— J'ai un don pour les langues. Écoute, on n'est pas ici pour parler de grammaire. Il doit y avoir des traces; il y en a toujours, mais ce n'est pas tout le monde qui les voit.

— Encore une pensée de ton pays?

— Non, de moi.

Rajiv soulève une pierre et tâtonne sous un vieux quai de bois défoncé. La dépanneuse a fini son travail et disparaît avec le camion juché en l'air. John déchire un coin de son costume sur des ronces:

— Ah non! Juste sur la fesse!

Il fait une vraie contorsion pour réussir à voir le lambeau de tissu. En essayant de se décrocher de l'épine, il se pique un doigt. Une goutte de sang perle.

— Ayoye!

Il approche vite son doigt de ses lèvres, et c'est au moment où il se met à sucer le

sang qui coule qu'il voit le bout de tissu dans les ronces.

— Je me demande si on peut le *coudrer*.

Il a dit cela si bas que Rajiv ne peut pas le corriger et lui dire «coudre, John, pas *coudrer*». Il étire le bras pour prendre le tissu et il s'aperçoit qu'il n'est pas jaune, comme son costume, mais blanc. Blanc sale.

— Rajiv, viens voir!

Rajiv accourt. Il prend le tissu.

— Voilà une trace...

Le linge est très sale. C'est plutôt une guenille qu'autre chose. Rajiv la retourne plusieurs fois, cherchant d'où elle pourrait bien venir. Il la sent.

— Attention, tu vas attraper des maladies! l'avertit John.

— Ça sent l'huile, dit Rajiv.

La curiosité l'emporte sur les risques de contamination et John lui prend le tissu des mains. Il l'approche de son nez:

— Ça sent l'essence.

Il touche les taches:

— C'est de la graisse, de la graisse de voiture.

— Quelqu'un s'est essuyé les mains

avec ce linge après avoir joué dans un moteur, continue Rajiv.

Son regard s'illumine:

— Le mécanicien! Ça ne peut être un autre que lui! Regarde, c'est une guenille de garage!

— Tu sautes vite aux conclusions, je trouve. Ce n'est...

Mais Rajiv ne le laisse pas finir. Il est tout excité de leur découverte:

— Je suis certain que c'est lui! Il faut le dire à la police!

— Mais pourquoi MoTeur se serait débarrassé de son camion à lui? demande John.

— Peut-être pour détourner les soupçons? Viens.

***

De son côté, Agnès cherche au parc. Elle aussi se dit qu'on trouve toujours un indice. Un indice qui ne donne pas nécessairement la réponse, mais qui aide à réfléchir.

«Même l'homme invisible doit laisser des traces!» pense-t-elle. Elle a presque honte de cette pensée, puisqu'elle ne croit pas à ce genre d'histoire. Mais elle est là depuis une heure et ne trouve rien. Elle soupire.

«Les autres avaient peut-être raison, et c'est au lac qu'ils découvriront quelque chose», se dit-elle. Mais elle chasse bien vite cette idée, car elle ne veut pas que Rajiv ait raison.

Elle tourne pour la centième fois autour du banc où était assis Bob Les Oreilles Bigras.

Elle a bien trouvé un mégot de cigarette roulée à la main; des rognures d'ongles que quelqu'un s'est arrachées avec les dents; une mini-bande dessinée qu'on trouve dans les emballages de gomme balloune; un coeur de pomme; une cuillère de plastique avec des traces de yogourt aux fraises. C'est malpropre, mais pas suspect.

Agnès agrandit le cercle autour du banc, scrutant le sol. Un peu de gravier, un vieux sac de chips tout tordu. Une fois sur le bord de l'allée où l'herbe commence, il n'y a qu'un peu de caca de chien, trois sous noirs et un vingt-cinq sous.

Elle ramasse le vingt-cinq sous et le met machinalement dans sa poche. Dommage. Car si elle l'avait regardé de plus près, elle aurait vu que ce n'était pas vraiment un vingt-cinq sous. Et que l'indice qu'elle cherchait, elle l'avait maintenant sur elle.

***

Notdog n'en revient tout simplement pas. Gonflé d'orgueil, il revient en trottinant. Mais au lieu de repasser par la route où il y a vraiment trop de risques de se faire frapper, il prend par les bois.

Il renifle tout sur son passage et sa bonne humeur lui fait apprécier les odeurs les plus insignifiantes.

Un écureuil passe devant lui, mais il décide de ne pas entreprendre la poursuite habituelle. Au fond de lui-même, il sait que Jocelyne l'attend et qu'il a été parti bien longtemps.

«J'espère qu'elle ne va pas encore m'attacher», pense-t-il. Car maintenant qu'il a trouvé ce qu'il cherchait, il a bien l'intention d'amener sa maîtresse voir sa découverte.

Il se retrouve bientôt sur un chemin qu'il se souvient vaguement d'avoir emprunté; c'était trois mois plus tôt. Son grand nez se rappelle les odeurs qui sont restées imprimées dans sa mémoire. Il refait le chemin en sens inverse. Rien n'a changé. Sauf les feuilles qui ont poussé et les branches mortes qui sont tombées.

Mais comme cette fois-ci il ne suit pas aveuglément un parfum pour chiens, il voit la voiture cachée dans les arbres. Elle est toujours là, un peu plus cachée par la végétation qui l'a envahie.

Il s'approche. Par terre, à côté de la portière, une patte de lapin traîne, à moitié enfouie dans le sol.

«Jocelyne sera peut-être moins fâchée si je lui rapporte un cadeau», pense-t-il.

***

Jocelyne le voit venir de loin. Elle se lève, descend les trois marches de l'agence et l'attend, les poings sur les hanches:

— Ça fait tellement longtemps que vous êtes partis que j'ai eu peur qu'il commence à neiger!

— Tu exagères un peu, là, et puis on a fait des couvertes, annonce John.

— Tu veux dire des découvertes, je suppose?

Résigné à être toujours corrigé, John répond oui. Puis il lui raconte l'expédition, la guenille trouvée, la visite au poste de police où le Chef les a félicités. Il lui explique que Rajiv a dû retourner en vitesse au festival pour une répétition. Ses oncles le cherchaient sûrement. Même que Rajiv paraissait très nerveux en parlant d'eux.

— Je ne les ai pas vus. J'en ai entendu un appeler Rajiv, c'est tout. Et ton chien?

Jocelyne ne sait pas si elle doit adopter une figure triste ou fâchée. De fait, elle est les deux à la fois.

— Il n'est pas encore revenu. Je vais être obligée de le garder enfermé à la maison.

— Il revient toujours, dit John.

— Oui, mais les autos roulent vite et j'ai peur.

Au coin de la rue, Agnès apparaît. Elle avance lentement, faisant attention de ne pas marcher sur les fissures du trottoir. Elle joue avec les quelques pièces de monnaie qu'il y a dans ses poches, mais elle ne les sort jamais de là. Elle arrive enfin près de l'agence.

En voyant l'air sombre d'Agnès, Jocelyne et John comprennent qu'elle n'a rien trouvé. Alors, avec d'infinies précautions,

John raconte de nouveau la découverte qu'ils ont faite au lac.

— C'est vous qui aviez raison, dit Agnès, déçue, mais contente que quelqu'un ait trouvé quelque chose.

C'est alors qu'ils entendent quelqu'un qui rote à pleine gorge. Ils se retournent.

— Bob Les Oreilles Bigras, évidemment, constate Jocelyne.

Il s'approche d'eux, rote encore un peu:

— Hé que ça passe dur la bière d'épinette! Pis? Il paraît qu'ils savent qui est le voleur?

— Comment tu le sais? demande Jocelyne.

— Les nouvelles courent vite, les microbes. J'ai toujours trouvé qu'il avait une face de rat aussi, le MoTeur.

— Il n'y a rien qui prouve que c'est lui, proteste John.

— Qui c'est d'autre qui se promène avec des guenilles pleines de graisse de char? Y a donc du monde malpropre! s'indigne Bob.

Pour toute réponse, les inséparables se contentent de regarder Bob de haut en bas.

Ses mains sont tellement sales qu'il a l'air de porter des mitaines; ses jeans sont tellement crottés que même les vidangeurs n'en voudraient pas; et ses dents sont tellement douteuses qu'il a l'air d'avoir une barre de *toffee* accrochée aux gencives.

— En tout cas. Y sont en train de le questionner. Je suppose que je vais retrouver ma moto ce sera pas long. C'est le petit gars avec le chapeau en linge à vaisselle qui a tout découvert.

John s'empresse de rétablir les faits:

— Il était avec moi, et J'AI trouvé la guenille.

— Choque-toi pas, le blé d'Inde, sans ça, tu vas tourner en crème.

Et Bob Les Oreilles se met à rire de sa blague.

Il tourne les talons et s'éloigne en jetant un papier de gomme.

C'est alors que Notdog se montre le bout du museau.

— Notdog! Viens ici! Méchant chien!

Les oreilles basses, il avance, priant le dieu des chiens que son cadeau fasse effet.

— Regarde, il a quelque chose dans la gueule, observe Agnès.

Jocelyne se penche lorsqu'il arrive près d'elle et l'empoigne par le collier pour l'attacher:

— Une cochonnerie, encore... Si tu penses que tu vas m'amadouer avec... qu'est-ce que c'est ça?...

Jocelyne lui enlève la patte de lapin de la gueule. À la patte pend une chaînette qui se referme sur un trousseau de clés.

— Regarde la grosse, avec du plastique noir, dit John.

— Pourquoi?

— C'est une clé d'auto.

Chapitre VII

A beau mentir celui qui vient d'où, exactement?

Cette fois-ci, pas de chicane. Tout le monde est d'accord pour suivre Notdog jusqu'à l'endroit où il a trouvé le trousseau de clés.

— J'espère qu'il ne nous laissera pas tomber au milieu du chemin, soupire Jocelyne en le détachant.

Notdog refuse catégoriquement de bouger tant qu'il a la laisse au cou. Un chien a sa fierté, quand même. Et qui a déjà vu un grand détective au bout d'une lanière de cuir niaiseuse?

Les inséparables se lancent à l'aventure.

Ils marchent derrière Notdog qui commence à connaître le chemin par coeur. Au-dessus de leurs têtes, les nuages sont toujours là. Mais ils grossissent, changent de couleur, passent maintenant du gris pâle au gris souris.

John peste contre son costume. Les grandes feuilles en tissu s'accrochent aux arbres et le foin lui retombe toujours dans les yeux.

Agnès se demande quand l'orage va leur tomber dessus.

Et Jocelyne ne quitte pas son chien des yeux une seconde, tenant sa laisse, au cas où.

— Ça sent bien mauvais, donc, dit Agnès.

— Oui, ça sent comme les toilettes au parc, dit John.

— Je ne sens rien du tout, moi, dit Jocelyne.

Ils continuent d'avancer.

— Ouache! C'est sa laisse qui pue! s'exclame Agnès.

John s'approche, se bouche le nez:

— Yark!

— Bien quoi... ça lui arrive de faire pipi dessus des fois, mais ce n'est pas grave,

58

juste un pipi... explique Jocelyne.

— C'est pour ça que tu ne le sens pas, tu es habituée, conclut Agnès, qui sait maintenant ce qu'elle offrira à Jocelyne pour sa fête.

Et ils continuent d'avancer, en silence.

Notdog les entraîne loin. Là où il n'y a plus de maisons, là où les champs de blé finissent, là où personne ne passe, même pas au temps de la chasse.

Les inséparables, qui pourtant ont exploré toute la campagne, n'ont jamais mis les pieds ici non plus.

Il y a des marais boueux, des arbres morts et secs qu'on entend craquer au moindre petit vent.

Il y a aussi un semblant de sentier, abandonné depuis longtemps, depuis qu'un feu de forêt a tout ravagé. Et c'est ce sentier qu'ils empruntent, suivant toujours Notdog qui, lui, est de très bonne humeur. Il adore mener.

Ils traversent ce coin sinistre et entrent bientôt dans une forêt bien verte, là où le feu s'est arrêté.

Les arbres sont hauts et les branches les plus basses leur arrivent au-dessus de la tête.

Leurs pieds brisent les aiguilles de pin qui jonchent le sol et qui dégagent alors leur parfum.

C'est entre deux épinettes géantes qu'ils voient briller un coin de pare-brise, dans un bouquet d'arbustes.

Et qu'ils voient un homme sortir de la carcasse de l'auto.

Les inséparables se cachent aussitôt. Ne les voyant plus derrière lui, Notdog rebrousse chemin pour les retrouver. Quand il arrive à leur hauteur, Jocelyne l'attrape par le collier et le serre contre elle pour qu'il se tienne tranquille.

L'homme tourne autour de l'auto, cherche quelque chose.

— C'est qui? murmure Agnès.

— Jamais vu, répond Jocelyne.

— Moi non plus, ajoute John.

L'homme semble hésiter.

— Cela n'a peut-être rien à voir avec notre affaire, chuchote encore Agnès.

— Peut-être, mais c'est étrange quand même, dit Jocelyne.

— Il faut le prendre en confiture! décide John.

— En filature, John, pas en confiture, le reprend Agnès tout bas.

L'homme s'en va. Jocelyne attache Not-dog, le garde près d'elle. Sans dire un mot, les inséparables sortent de leur cachette et suivent l'homme sans bruit.

Ils sortent de la forêt par le côté opposé à celui où ils sont entrés. Une voiture jaune à la portière bleue est stationnée sur le bord de la route de terre. L'homme y monte, démarre et disparaît.

— La filature n'aura pas été trop trop longue, dit Jocelyne, déçue.

— On ne le retrouvera jamais, soupire Agnès.

— J'ai déjà vu cette auto-là... Mais oui! Venez!

Sans donner d'explications, John les entraîne à la course vers le village.

***

Au Festival du blé d'Inde, l'orchestre chargé de l'animation musicale est en train de répéter. Les Oignons Roses, appelés ainsi parce qu'ils font pleurer avec leurs chansons douces, faussent en masse. Mais comme le chanteur est le neveu du maire, on les engage tout de même. Et puis, on les aime bien, car ils sont du village.

Les inséparables passent devant eux,

mais ne s'arrêtent pas pour apprécier la cacophonie. Ils filent devant les kiosques de jeux, ne répondent même pas au salut de la mascotte, Grain de Beauté, et se faufilent entre les camions de transport. John s'arrête brusquement et se dissimule derrière des sacs remplis d'épis.

— Elle est là.

La voiture jaune à la portière bleue. Stationnée juste à côté de la roulotte de Rajiv.

— Alors, qu'est-ce qu'on fait? demande Jocelyne.

Ils entendent soudain des gens qui parlent très fort.

«Tu as une balloune à la place de la tête!» «Espèce de crétin!» «Celui qui le dit, c'est lui qui l'est!» «Arrêtez donc!» «Mon oeil!» «Je vais m'arrêter quand je voudrai...»

— Ça se chicane rare là-dedans! dit Jocelyne.

— Et j'ai l'impression que le sujet pourrait nous intéresser. On approche? suggère Agnès.

Il fait chaud et lourd. Les fenêtres de la roulotte sont ouvertes. Les inséparables avancent prudemment, se postent au-dessous de la plus grande fenêtre. Ils ne voient pas ce qui se passe, ni qui parle. Mais ils entendent drôlement bien. D'autant plus que les Oignons Roses font une pause.

— Ça faisait trois mois qu'elles étaient là; tu ne pensais toujours pas que je les trouverais! dit une voix.

— Ça veut dire que quelqu'un est allé de ce côté-là, répond l'autre.

— Mais non, mais non. Moi je dis que c'est un animal qui est parti avec, continue la première voix.

— Un animal! Qu'est-ce que tu veux qu'un animal fasse avec des clés? Barrer la route à un autre? objecte la deuxième voix.

— De toute façon, tu as des doubles, alors..., reprend la voix numéro un.

— Je m'en fous, des clés! C'est la patte de lapin que je voulais récupérer! Un vieux souvenir de *popa*... chiale la voix numéro deux.

— Heille! Décroche! Tu avais juste à y aller il y a trois mois, s'impatiente la voix numéro un.

— Tu sais très bien qu'on n'avait pas intérêt à être vus dans le bout. Bon. Quelle heure il est avec ça?... Quatre heures! Rajiv! Tu as juste le temps d'aller me chercher les clés de la grosse tireuse de cartes, ordonne la voix numéro deux.

— Le temps qu'elle s'aperçoive du vol, son auto va déjà être en morceaux, ricane la voix numéro un.

Mais ce n'est pas la deuxième voix qui enchaîne cette fois-ci. C'est une voix jeune, désespérée.

— Non! Je n'irai pas! C'est fini, je vous dis, fi-ni. Fini! crie Rajiv.

Un des deux hommes éclate d'un grand rire:

— Ah oui? Et on peut savoir ce que tu veux faire à la place?

— Euh... Je ne sais pas. Devenir détective?

L'autre homme s'étouffe raide:

— Détective? Toi? Le plus grand voleur de clés du monde! Tut tut tut, arrête de dire des choses comme ça, tu vas me faire faire une attaque.

L'autre continue, mielleux:

— À part ça, tu n'as pas l'âge, mon petit gars. Tu es mineur. Puis c'est moi qui te garde, mets ça dans ton turban, hein?

Rajiv éclate de plus belle:

— J'ai assez volé pour vous autres! Je

veux avoir une vie honnête! Je veux utiliser mon pouvoir pour amuser les gens, pas pour les voler! J'ai mis mes amis sur la piste du mécanicien: il ne faut pas m'en demander plus!

«Ouin, beding, bam, chou bidou, bidou ah»: les Oignons Roses recommencent leur répétition dans un vacarme épouvantable. Les inséparables n'entendent plus rien qui vienne de l'intérieur de la roulotte.

Jocelyne trépigne:

— Il faut l'aider!

— Pauvre Rajiv! Il est expliqué! s'enflamme John.

— Exploité, John, pas expliqué, exploité. Avez-vous remarqué? Il nous a appelés ses «amis»... dit Agnès en baissant les yeux, se rappelant qu'elle n'a pas été fine avec lui.

Oubliant toute prudence, Jocelyne se lève sur le bout des pieds et tente un regard à l'intérieur de la roulotte. Agnès veut l'arrêter, mais Jocelyne lui fait signe de se taire.

Pendant quelques secondes, tout le monde retient son souffle.

Notdog profite du fait que personne ne s'occupe de lui pour aller se dégourdir les pattes de l'autre côté de la roulotte. Du côté où il pourrait être vu de l'intérieur...

Jocelyne glisse le long du mur. John et Agnès l'interrogent du regard.

— Ça s'est calmé. Il y en a un qui se fait un café. L'autre se peigne. Et Rajiv regarde dehors, de l'autre côté.

— Et? demande John.

— Rien. Sauf une chose.

— Quoi? s'impatiente Agnès.

— Rajiv. Il n'a pas son turban sur la tête.

— Et alors? Qu'est-ce que ça peut faire? dit Agnès.

— Il y a une grosse repousse blonde dans ses cheveux. Ce n'est pas un vrai hindou.

— Indien, la reprend John.

À une vitesse incroyable, la porte s'ouvre et Rajiv bondit dehors, devant eux:

— Qu'est-ce que vous faites là, vous autres!?

Jocelyne lui fait signe de s'approcher et de baisser le ton:

— Viens! On va t'aider à te sortir de ça!

Rajiv hésite quelques secondes. Puis, contre toute attente, il se met à crier:

— Mon oncle, Claude! Venez vite!

Personne n'a le temps de se sauver. Les deux hommes sortent en courant. Un des deux tire de sa poche un couteau, menace John, l'autre empoigne Jocelyne et Agnès.

— Mais Rajiv... dit Jocelyne, abasour-die.

Rajiv ne répond rien.

Chapitre VIII
Rajiv choisit
sa destinée

À l'intérieur de la roulotte, un robinet fuit. Le toc toc toc des gouttes qui tombent dans le lavabo en acier inoxydable remplit la pièce unique.

L'oncle est assis sur une banquette en *cuirette* et regarde les enfants, se demandant ce qu'il convient de faire. Claude, l'autre homme, verse dans une casserole, pour le faire réchauffer, le café qu'il n'a pas encore eu le temps de boire. Rajiv se concentre sur les pièces de métal qui ornent son turban.

— Il m'en manque une, remarque-t-il.

Alignés sur un lit minuscule, Jocelyne,

Agnès et John ne sont pas encore revenus de leur surprise. Rajiv n'a-t-il pas dit qu'il ne voulait plus voler?

Notdog croyait qu'il y avait une fête quand il a vu tout le monde entrer dans la roulotte. Il a gaiement rejoint ses amis, mais voilà qu'il ne se passe rien. Il s'étend par terre en soupirant, pensant que finalement la fête est plate.

Le premier à parler sera John. Il se sent responsable de toute cette histoire, puisque c'est lui qui a invité Rajiv à rencontrer les filles, avec tout ce qui a suivi. Il se sent aussi trahi, car il croyait s'être fait un nouvel ami. Mais de toute évidence, c'est un mot que Rajiv emploie à tort et à travers.

— Pourquoi tu as fait ça? demande-t-il.

Rajiv garde les yeux baissés sur son turban. Son oncle répond:

— Parce que c'est un très bon neveu et que jamais il ne laisserait une *gang* de morveux comme vous faire arrêter son oncle, hein, Jy-Pi?

Rajiv regarde John et se contente de dire:

— Mon vrai nom, c'est Jean-Pierre. Et je ne viens pas de l'Inde, je viens de Montréal.

— Mais on ne t'a rien fait, nous! lance Jocelyne.

— Je sais. Et j'ai essayé de vous tenir loin le plus possible.

— Tu savais au sujet de l'auto dans le lac? demande Agnès.

— Non. C'est un coup de chance. Les autres voitures, c'est nous, mais pas celle-là.

— C'est pour ça que tu étais si pressé de faire accuser MoTeur? dit John.

— Oui.

— Et la carcasse dans les bois? demande Jocelyne.

L'oncle bondit:

— Comment tu sais ça, toi?

Jocelyne hésite, ne sait pas si elle doit répondre. Mais l'autre insiste, menaçant.

— Euh... C'est à cause des clés...

— Mes clés! Tu les as!

Il s'approche:

— Donne!

Jocelyne fouille dans ses poches, les lui tend.

— Ma patte de lapin! Génial!

— Ils ont volé l'auto quand on est venus il y a trois mois, pour faire de la prospection, voir les environs, ce qu'on pourrait ramasser une fois ici. C'était juste pour le fun, pas pour la vendre, alors ils l'ont abandonnée, explique Rajiv-Jean-Pierre.

Mais un regard très dur de Claude l'oblige à se taire.

— On aurait pu t'aider, Jean-Pierre, dit tristement Agnès.

L'oncle éclate de rire:

— L'aider à quoi? À nous dénoncer? Moi qui m'occupe de lui, qui le nourris, l'habille, l'éduque même, depuis qu'il est orphelin? Moi qui ai été si bon pour lui? Voyons donc!

— Une belle éducation, oui! s'indigne Agnès.

— Tu sauras, la petite *smatte,* que Jean-Pierre n'est pas dans la rue au moins! Puis ça va faire, fermez-là! Ça va être l'ouverture officielle du festival, il faut y aller. Rajiv, tu es mieux d'être bon! Mets ton turban! Tu as vraiment besoin d'une teinture. Puis, vous autres... On s'occupera de vous autres après. Aide-moi, Claude.

Les enfants sont attachés séparément, John au lavabo, Agnès au lit et Jocelyne à la table de métal vissée au plancher. Des linges à vaisselle sont solidement fixés autour de leurs bouches pour que personne ne puisse les entendre.

Impassible, Rajiv assiste à cette scène sans bouger, sans protester.

Notdog, qui s'était jeté sur les deux hommes en grognant quand il les a vus maltraiter Jocelyne, a subi le même sort: les pattes attachées, la gueule muselée par un bout de coton. Il reste étendu sur le côté, impuissant, gémissant.

— Pas de danger qu'on les entende maintenant, dit Claude.

Les hommes sortent enfin. Avant de passer la porte, Rajiv se retourne, soupire:

— Vous n'auriez pas dû vous mêler de ça.

Laissés seuls, les inséparables essaient de se défaire de leurs liens. Mais rien à faire. Cette fois-ci, ils ne peuvent s'en sortir.

Du dehors, on entend le père de John qui appelle:

— John! John! Vous avez vu *my son*? Je le cherche depuis *un* heure! demande-t-il à quelqu'un.

Mais personne ne les a vus.

Chapitre IX
Avez-vous déjà vu un chien rougir?

Dans un bruit infernal de cymbales et de guitare électrique, les Oignons Roses entament la chanson thème du festival, *Ça «bouille» au pays de l'épi.*

La mascotte Grain de Beauté se fait aller le foin en donnant la main à tous les enfants. Sauf au petit Dédé Lapointe qui se tient loin, car il se demande si ce n'est pas un extra-terrestre qui se cache derrière le costume.

Le père de John est prêt à monter sur l'estrade, où il doit animer l'inauguration. Fâché contre son fils qu'il cherche depuis une heure, il commence à s'inquiéter. À ses côtés, le maire Michel s'étouffe en fumant. Il prononcera bientôt son discours en toussant comme une cheminée.

Tout le village est là, espérant que la cérémonie ne sera pas trop longue. Car tout de suite après, on servira du blé d'Inde à toute l'assistance, dont la majorité n'a pas mangé depuis le matin... pour pouvoir se bourrer la face.

Dans la roulotte, les inséparables sont toujours immobiles et impuissants. Leur seul espoir: Notdog. Car à force de se trémousser et de se frotter le nez par terre, il a réussi à desserrer le coton qui lui muselle la gueule.

Avec un peu de patience, il réussira à l'enlever tout à fait. Puis, il commencera à gruger les liens de ses pattes. «Ça va lui prendre mille ans au moins!» pense Jocelyne. Mais ils espèrent. Et ça prendra le temps qu'il faudra. Trop, probablement.

Le ciel s'est tellement assombri qu'on dirait qu'il va faire nuit. L'orage promet d'être spectaculaire.

Jocelyne, Agnès et John regardent Notdog se débattre. Agnès admire sa ténacité. John, sa patience. Jocelyne de son côté ressent toute l'affection et tout l'amour du monde pour ce chien qui partage sa vie, la fait rire, l'inquiète, la fâche et l'amuse.

C'est au moment où des larmes de tendresse lui montent aux yeux qu'elle croit avoir une hallucination. Là, sur sa droite, au-dessus du comptoir, un couteau pointu est suspendu dans les airs.

Elle cligne des yeux pour les assécher: non, elle n'a pas d'hallucination. Elle gémit pour attirer l'attention de ses amis. Ils la regardent, elle se tourne vers le comptoir. Ils la suivent du regard et voient eux aussi le couteau volant.

Lentement, avec une trajectoire très droite, le couteau s'approche. Il semble lourd, mais il avance dans le vide comme par sa volonté propre. Soudain, un cri arrive du dehors:

— Rajiv! Viens ici!

Le couteau tombe par terre.

— J'arrive, mon oncle. J'avais... euh... envie de pipi, oui, je viens, répond Rajiv-Jean-Pierre. Et sa voix s'éteint à mesure qu'il s'éloigne.

Le couteau est là, juste un peu trop loin.

***

— Que la fête commence! Et que le

blé d'Inde fût! lance le maire Michel entre deux accès de toux.

— Soit, monsieur le maire, que le blé d'Inde soit, lui chuchote à l'oreille un de ses conseillers, M. Bidou.

Mais personne n'attend que le maire corrige sa faute. Déjà, plusieurs se pressent près des grandes marmites bouillantes. D'autres, moins affamés, vont voir l'attraction spéciale de ce festival, le jeune Indien qui déplace des objets à distance.

L'oncle de Rajiv invite les curieux à venir assister à cette performance extraordinaire, alors que Claude vend les billets. Rajiv s'installe pour le spectacle, mais il ne pense pas à son numéro. Il sait qu'il ne peut plus s'éclipser et qu'il ne peut plus rien faire pour les inséparables.

***

C'est ce jour-là que John acquit son surnom de «blé d'Inde olympique». À force de se tortiller, de s'étirer, de se déhancher, de se démener, de s'allonger et à force de contorsions des plus compliquées, il a fini par atteindre le couteau. Par l'approcher. Par le saisir. Et patiemment, par couper ses liens. Juste au moment où Notdog se débarrassait de son cache-nez. En cinq minutes, tout le monde était dehors.

***

Des oh! et des ah! d'admiration et d'étonnement fusent de partout dans l'assistance.

— Il est bon en titi! dit une petite fille.

Rajiv fait voler une petite cuillère remplie d'eau sans en renverser.

— Écoeurant! dit un ado.

Rajiv fait verser la cuillère juste au-dessus de lui et l'ado lâche un ayoye!

— Il y a un truc, c'est sûr! s'exclame M. Vivieux, l'assureur.

Rajiv fait danser un vingt-cinq sous.

— Heille! C'est *crackpot* au *boutte!* dit Bob Les Oreilles Bigras qui s'est faufilé sous la toile de la petite tente sans payer.

Émerveillé, Bob arrête même de manger son *sundae* au caramel recouvert de miettes de bonbons multicolores.

Rajiv se tourne vers lui. Et voilà la cuillère du *sundae* qui sort de son contenant.

— Heille! s'écrie Bob, éberlué.

Et la foule éclate de rire en le regardant essayer de la rattraper.

Cela a pris quelques minutes à tout le

monde pour comprendre que l'entrée du chef de police ne faisait pas partie d'un numéro. Et que l'arrestation du maître de cérémonie et du déchireur de billets n'était pas une farce, mais une véritable arrestation. En fait, c'est quand les policiers ont fait évacuer la salle que les gens ont compris que c'était sérieux. Et que le spectacle était fini.

Dehors, un attroupement s'est formé. Mme Descartes a laissé une cliente au moment où elle lui promettait un grand amour, pour aller voir ce qui se passait.

Le garçon du kiosque des jeux de dards a laissé en plan des gens qui venaient juste de gagner un toutou.

Des badauds grugeant du blé d'Inde regardent les deux hommes qui baissent la tête et entrent dans la voiture de l'assistant du Chef. Avec beaucoup de douceur, le Chef lui-même invite Rajiv à le suivre.

— Je suis content que vous ayez pu vous sauver, dit Rajiv à John.

— Sans toi, on n'aurait pas pu, répond John.

— Merci, Rajiv... euh... Jean-Pierre, comment tu veux qu'on t'appelle? demande Jocelyne.

— Par mon vrai nom. C'est fini, je crois, Rajiv, répond-il.

Agnès s'approche:

— On est tes amis, tu sais. On va t'aider.

Rajiv lui sourit:

— Merci.

Il entre dans la voiture.

Le petit Dédé Lapointe passe. Sa mère le tient par la main, le tire plutôt. Il fait signe à John:

— Je crois qu'elle aussi en est une.

— Une extra-terrestre? demande John.

— Oui! Elle m'a trouvé!

— Et?

— Ça veut dire qu'elle a des antennes!

C'est à ce moment-là que le tonnerre éclate. Et Mme Descartes éclate aussi:

— Les fenêtres chez nous! Elles sont toutes ouvertes!

Elle court vers son auto, y monte, démarre. Et qui se lance à sa poursuite? Notdog, qui n'écoute pas sa maîtresse le rappeler à grands cris.

— Je vais en avoir le coeur net, cette fois-ci! John, Agnès, il faut le suivre!

Là-dessus, le père de John arrive en courant:

— Te voilà! Veux-tu m'expliquer...

Mais John l'interrompt et il lui montre Mme Descartes qui sort du stationnement:

— Vite, il faut la suivre! Où est ton auto?

— Mais...

— Dispute pas!

Le père de John s'élance, suivi des inséparables.

— Discute pas, John, pas dispute pas, le reprend Agnès en courant.

La pluie tombe à grosses gouttes. Les essuie-glace fonctionnent à grande vitesse.

— On peut le rattraper, ton chien, dit le père de John.

— Non, je veux savoir où il va! répond Jocelyne.

— O.K.

Et ils suivent en silence la voiture et Notdog jusque chez la tireuse de cartes.

Elle sort de son auto et voit Notdog, tout essoufflé.

— Qu'est-ce que tu fais là, toi?

L'autre voiture arrive et les inséparables en descendent, devant une Mme Descartes perplexe. Jocelyne lui explique que son chien se sauve à tout bout de champ et qu'elle veut savoir pourquoi il la suit.

C'est alors que Jocelyne voit Notdog disparaître dans une ouverture pratiquée dans la porte d'une petite grange.

— Réglisse! lance Mme Descartes qui se met à rire.

Devant le regard interrogateur de tout le monde, elle leur dit de suivre Notdog pendant qu'elle va fermer ses fenêtres.

Jocelyne lève le loquet, pousse la porte. Dans la lumière, elle voit une sorte d'enclos.

Elle y aperçoit son chien. Les inséparables s'avancent.

À côté de Notdog, il y a une belle chienne toute noire, couchée. D'où, bien sûr, le nom de Réglisse. Et, soudainement réveillés par l'activité alentour, six petits museaux s'élèvent. On entend des petits gémissements, on voit six paires de petits yeux s'ouvrir, une multitude de petites pattes se mettre debout et six petites queues battre l'air en s'approchant des visiteurs. Quatre chiots noirs, deux jaunes. Avec l'air ébouriffé et le poil en corde de poche.

Jocelyne comprend tout de suite qu'il s'agit des enfants de Notdog. Et elle a la certitude qu'en la regardant, Notdog rougit de fierté.

Chapitre X
Tu seras un chien, mon fils

L'oncle de Jocelyne, Édouard Duchesne, s'est porté garant de Rajiv-Jean-Pierre, qui a alors passé la nuit chez Jocelyne. Il est dix heures du matin. Et on cogne à la porte de la cuisine. Jocelyne va ouvrir.

— Salut! dit-elle la bouche pleine de rôties et de caramel.

— Bonjour, Joce! Salut Ra... Jean-Pierre! Tu sais, je ne m'habitue pas à t'appeler Jean-Pierre, dit Agnès en entrant.

— Bof! Appelle-moi comme tu veux! Un ou l'autre, répond le garçon qui engloutit sa cinquième rôtie confiture-fromage-en-tranches.

Assis près de lui, Notdog attend. Car Jean-Pierre lui refile un quart de chacune de ses rôties. Agnès s'assoit à la table:

— Je ne sais pas encore quel nom je préfère.

— Tire à pile ou face. Tu veux un chocolat? demande Jocelyne.

— C'est une bonne idée.

— Quoi? Le chocolat?

— Non, tirer à pile ou face. Mais je prendrai bien un chocolat aussi.

Agnès fouille dans ses poches et trouve une pièce.

Toc! Toc! Toc! On frappe de nouveau. Mais John n'attend pas que Jocelyne lui ouvre et il entre, tout souriant.

— Eh! Tu as bien l'air de bonne humeur: tu as gagné une bicyclette neuve? demande Jocelyne.

— Non. Vous ne débarquez rien?

— Remarquez, John, pas débarquez, le reprend Agnès. Non, rien de spécial. Toi, Jocelyne?

Elle le regarde de haut en bas:

— Non, moi non plus.

— Je ne suis plus habillé en blé d'Inde! s'exclame-t-il, découragé du peu de sens d'observation de ses amis.

— Dommage. Je commençais à te trouver beau en épi, le taquine Jocelyne.

— Beau?! Tu veux dire que maintenant j'ai l'air d'un pichou? s'attriste John.

— Mais non, c'était une blague. C'est susceptible quand même, les gars. Tu veux un jus?

Agnès joue avec la pièce qu'elle a dans la main.

— Bon, pile, c'est Jean-Pierre, face, c'est Rajiv.

Elle lance la pièce en l'air, la regarde tournailler, l'attrape, la met sur le dos de sa main gauche en la cachant avec sa main droite. Elle enlève sa main:

— Qu'est-ce que c'est ça?

— Heille! Ça va sur mon turban! C'est la pièce qui manque en avant! Tu l'as trouvée où? demande Jean-Pierre.

— Euh, je ne sais pas... je... À moins que je ne l'aie ramassée au parc, quand je cherchais un indice, le parc où Bob Les Oreilles a dit qu'il avait perdu ses clés.

— Tu avais trouvé un indice, dit Jean-Pierre.

— Alors, c'est bien toi qui lui as piqué ses clés? demande Jocelyne.

— Oui.

— En avance? demande John.

— Pardon?

— De loin, je veux dire.

— À distance, John, précise Agnès. Tu as donc fouillé dans ses poches?

— Non, je l'ai fait à distance. Tu penses toujours que c'est arrangé? Même après le couteau que je vous ai envoyé pour vous libérer? demande Jean-Pierre à Agnès.

Mais avant qu'elle réponde, on sonne à la porte de devant cette fois-ci. Notdog se précipite et Jocelyne ouvre. Le chef de police est là:

— Vous êtes prêts?

— Oui, oui, on arrive. Le Chef est ici! crie-t-elle à ses amis.

Ils accourent. Agnès a une moustache de chocolat. Jean-Pierre plie sa rôtie en quatre et se la met au complet dans la bouche. Et John se regarde en passant dans le miroir pour vérifier s'il est beau ou non.

Ils montent dans la voiture du Chef, qui démarre. Il fait beau et chaud ce matin, et la pluie d'hier s'est envolée en vapeur. Tout est tranquille dans la campagne, sauf qu'un bruit de moteur se rapproche de plus en plus pour arriver bientôt à leur hauteur. Couettes au vent et casque enfoncé sur les yeux, Bob Les Oreilles Bigras les dépasse dans un nuage de poussière.

— Il a déjà récupéré sa moto? demande Agnès au Chef.

— Oui, il a été chanceux, car elle n'avait pas été mise en morceaux. Steve, par contre, n'a pas eu la même chance: sa Mustang a déjà été vendue pour les pièces.

— Pauvre Steve! s'attriste Jocelyne. Et Maurice Teurbine? Il n'a rien à voir dans cette histoire-là?

— Dans cette histoire-là, non. Mais il a commis un délit, lui aussi: il a fait disparaître lui-même son camion.

— Pourquoi? Il roulait bien, dit John.

— Pour toucher l'argent de l'assurance et s'acheter un camion neuf. Ça arrive souvent, vous savez, explique le Chef.

Jean-Pierre reste silencieux. Soulagé que cette histoire finisse, il se sent quand même coupable d'avoir contribué à l'arrestation de son oncle. Qu'il aime bien, malgré tout.

— Tu es triste, lui dit Agnès doucement.

— C'était un escroc, mon oncle, mais il avait ses bons côtés.

Il soupire. Car il pense à la destinée qu'il a choisie, quelque chose d'inconnu et d'incertain. Cet après-midi, il sera pris en charge par une travailleuse sociale qui l'amènera passer quelque temps dans un centre d'accueil.

— En tout cas, tu as de la chance, lance Jocelyne.

— Moi?! répond Rajiv, surpris.

— Oui, parce que tu as un don qui te permettra sûrement de réussir ta vie. Je n'en ai pas, moi.

— Mais tu as des amis, un oncle qui t'aime et un chien fabuleux. C'est très précieux.

Comme s'il avait compris le compliment, Notdog aboie un coup et lèche la main de Rajiv. À moins que ce ne soit pour lui donner du courage.

L'auto s'engage dans le chemin de terre et arrive à la maison de Mme Descartes. Elle les accueille en faisant tinter ses bracelets:

— C'est gentil à vous, Chef, de les a-mener.

— C'est ma journée de congé. Et il n'y a rien que je ne ferais pas pour mes grands détectives. Hum, ça sent le bon café chez vous.

— Venez, il est frais fait.

Le Chef et la tireuse de cartes entrent dans la maison. John, Agnès, Jocelyne, Jean-Pierre et Notdog entrent dans la grange. Encore une fois, les chiots les saluent par des battements de queue et des bâillements qui montrent des dents mi-nuscules. Notdog les inspecte et Réglisse vient chercher des caresses auprès des in-séparables.

— Je vais m'occuper de trouver un bon foyer à chaque chien, dit Jocelyne.

Elle s'assoit par terre et prend un petit chien noir dans ses bras. Aussitôt, la pe-tite langue lui lèche le menton.

— J'aimerais en avoir un, mais je ne peux pas parce que ma soeur est al-lergique aux chiens, explique Agnès à

Jean-Pierre.

— Moi, c'est ma mère qui ne veut pas. À cause de ses huit chats, continue John, qui en aurait bien voulu un, lui aussi.

— Si tout va bien, je reviendrai en chercher un. Tu m'en garderas un, hein Jocelyne? demande Jean-Pierre, presque suppliant.

— Le temps qu'il faudra, promis. Lequel tu veux?

— C'est difficile de choisir.

C'est alors qu'un petit chien jaune s'avance vers lui, s'assoit devant ses pieds et le regarde, l'air de dire «prends-moi». Jean-Pierre le prend, le petit chien le sent, se cale dans ses bras, mordille son chandail, puis ferme les yeux et commence à dormir.

— Ce sera celui-là, dit-il.

Un peu gênée, Agnès toussote:

— Tu sais, je ne voulais pas d'un autre inséparable, mais si jamais ça te tente de venir nous aider dans nos enquêtes, ce serait le fun...

Les yeux de Jean-Pierre s'illuminent:

— C'est vrai? J'aimerais tellement ça! Et puis, on ne sait jamais, mon pouvoir peut être utile dans une enquête!

Agnès le regarde, lève juste un sourcil:
— Quand même, je suis sûre qu'il y a
un truc...

Table des matières

Achevé d'imprimer
sur les presses de Litho Acme Inc.